L'espionne de l'OLYMPE

Du même auteur,
dans la série L'espionne de l'Olympe :
Trop fort, le Minotaure !

L'espionne de l'OLYMPE

Opération cheval de Troie

Fabien Clavel
illustrations de Miss Paty

RAGEOT

À ma nièce Augustine.

pour anna

pour léna

Cet ouvrage a été imprimé
sur un papier issu de forêts gérées durablement,
de sources contrôlées.

Mise en pages : Françoise Maurel
Couverture et illustrations : Miss Paty

ISBN : 978-2-7002-7707-4

1. Partie de cache-cache

Nous sommes quatre enfants à jouer.

D'abord, il y a moi, Dryas, la nymphe des arbres. Je ressemble à n'importe quelle petite fille aux yeux verts, sauf que j'ai le pouvoir de communiquer avec les arbres et même de voyager à travers leurs racines.

Il y a aussi Briam, la sirène, qui vole dans tous les sens, avec son corps d'oiseau et sa tête de femme.

Il y a ensuite Melitzanès, la centauresse. Elle a un corps de cheval mais, au-dessus de la taille, le reste est humain.

Enfin, il y a Dolmas, qui ressemble à un garçon avec des jambes de bouc et des petites cornes. Autrement dit : un satyre.

Je n'aime pas me vanter, mais je dois dire qu'à cache-cache, je suis la meilleure !

Personne ne m'arrive à la cheville. Ni Briam malgré ses ailes. Ni Melitzanès avec sa queue de cheval qui dépasse de derrière les arbres. Et encore moins Dolmas qui empeste tellement qu'on le repère à une distance de vingt pas.

Bon, évidemment, si on les écoute, ils disent que je triche.

– Ce n'est pas juste, Dryas ! Tu es une dryade : tu peux te fondre dans n'importe quel tronc !

Dolmas n'a pas tort : la forêt forme plutôt un bon endroit pour se dissimuler quand on est une dryade. Mais je lui réponds :

– J'utilise simplement mes pouvoirs. Est-ce que j'en veux à Melitzanès parce qu'elle sait galoper ? Ou à Briam parce qu'elle vole ?

– Et moi ? demande Dolmas inquiet. Je n'ai pas un pouvoir que tu voudrais posséder ?

J'ai du mal à être sincère avec lui. Ce petit satyre timide sent vraiment le bouc. Même quand on est habitué, on ne peut pas l'oublier. Je le repère les yeux fermés. Alors, je mens :

– Bien sûr ! Tu es très ingénieux. Par exemple, je me souviens du jour où tu t'es caché dans la rivière en respirant à travers une paille !

Dolmas, soulagé, m'adresse un grand sourire. En plus, cette fois-là, il avait pris un bon bain ! Melitzanès s'ébroue et agite sa crinière couleur aubergine.

– Bon, s'impatiente-t-elle, on continue ?

– Attendez, s'écrie Briam. J'ai cru voir quelque chose...

Elle part en volant au milieu des arbres. Nous la suivons des yeux en silence. Quand elle revient vers nous, son visage est grave.

– Nous ne devrions pas nous attarder, murmure-t-elle.

– Pourquoi ?

– C'est une véritable catastrophe !

Elle me regarde tristement. Du coup, je suis encore plus curieuse. D'un pas décidé, je m'avance à travers les buissons et je découvre...

... la lisière de la forêt.

Sauf que la lisière de la forêt est beaucoup plus proche que d'habitude.

Je serre les dents avec rage en voyant les souches des arbres abattus. C'est un spectacle affreux. Pour une fois, Briam n'exagère pas.

– Les mortels ! Ils ont encore coupé les troncs pour avoir du bois. Ils n'en auront donc jamais assez ? Je sais qu'ils ont besoin de champs pour se nourrir, mais quand même !

– Ce n'est rien, Dryas, chuchote Dolmas dans mon dos. La forêt du mont Pélion est grande. On trouvera un autre endroit pour jouer.

– Apapaï ! C'est facile à dire pour toi ! Moi, je les connaissais bien ces arbres ! Certaines des dryades qui les habitaient étaient de ma famille...

Les larmes me montent aux yeux. Si je me mettais en contact avec le réseau de racines qui courent encore sous la terre, je pourrais les entendre. J'espère que mes sœurs ont eu le temps de se réfugier dans d'autres arbustes.

Hélas, comme un malheur ne vient jamais seul, j'aperçois soudain la silhouette d'un oiseau de proie dans le ciel.

– Oh, non ! C'est Glaux !

2. La partie continue

– Vous ne lui dites surtout pas que je suis là, hein ?

Mes amis hochent la tête tandis que je me précipite à l'abri des arbres pour ne pas être vue. Je cours le plus vite possible. Et même si je n'ai pas les sabots de Dolmas ou de Melitzanès, je me débrouille pas mal pour me faufiler sous les branches.

En un rien de temps, je suis adossée à un vieux chêne endormi. Essoufflée, je prends un peu de repos après cette course folle.

Je n'ai pas dû aller assez loin parce que j'entends encore mes amis discuter avec Glaux.

Glaux est une chouette qui me transmet souvent les messages des dieux de l'Olympe.

Cela peut sembler étrange de fuir devant un oiseau aussi minuscule : elle tient dans ma main. Pourtant, j'ai assez d'expérience pour dire que Glaux ne m'apporte que des mauvaises nouvelles.

– Vous avez vu Dryas ? demande-t-elle de sa petite voix enjouée.

Même à cette distance, je vois bien que mes amis mentent extrêmement mal. Ils n'ont jamais eu à fréquenter des mortels, eux ! Ils n'ont pas appris à raconter des salades.

– Dryas ? demande Dolmas en faisant semblant de réfléchir et en rougissant. Est-ce que c'est une chouette comme toi ?

Glaux ne s'énerve pas. Je dois l'avouer : elle a plutôt bon caractère.

– Dryas, soupire-t-elle, la petite nymphe des arbres, la dryade qui me fuit à chaque fois que je viens ici.

– Non, je ne connais pas cette personne, fait Briam.

Évidemment, Melitzanès ne peut pas s'empêcher de rire. Elle essaie de se cacher sous sa crinière mais cela n'arrête pas ses gloussements.

– DRYAS ! appelle Glaux à tue-tête. On m'a communiqué une mission pour toi ! Et tu ne devineras jamais qui te la confie...

Une fois sur deux, c'est Athéna qui m'envoie chez les mortels. Et c'est normal : Glaux est sa chouette de compagnie.

– C'est la déesse Athéna, révèle Glaux, ravie. Tu vas adorer...

Vaincue, je sors de ma cachette et m'approche en donnant des coups de pied dans les racines, soulevant des mottes de terre. Un arbre proteste et grogne. Aussitôt, je remets en place la plaque de mousse en m'excusant.

– Bon, qu'est-ce que tu me veux, Glaux ?

– Ah, Dryas ! s'exclame-t-elle, tout heureuse. Je me doutais que tu étais dans les parages.

J'observe la chouette chevêche, haute comme trois pommes, le plumage tout blanc, avec de grands yeux innocents.

Puis je foudroie du regard mes trois amis pour n'avoir pas été capables d'inventer une histoire crédible.

Ils ont l'air tellement embêtés que je leur pardonne aussitôt.

Glaux tend vers moi son aile.

– Dryas, me dit-elle avec un grand sérieux, Athéna

a reçu une prière de la part d'un mortel. Il faut absolument que tu ailles t'occuper d'un cheval !

3. Mission impossible

Je fronce les sourcils. Mes trois amis s'esclaffent. Melitzanès émet même un hennissement sonore.

– C'est une blague ?

– Pas du tout, s'étonne Glaux. C'est très sérieux, bien au contraire.

– Je dois m'occuper... d'un cheval ?

– Exactement.

– Et il n'y a personne de plus qualifié que moi pour ça ?... Par exemple, un centaure ? j'ajoute en glissant un regard à Melitzanès.

– Athéna veut que tu t'en charges. Elle a besoin de toi.

Pffff! Tu parles! Les dieux n'aiment pas trop s'embêter avec les histoires des mortels. Ils préfèrent rester confortablement dans leur demeure de l'Olympe en passant leur temps à boire et à manger!

Et, pour ne pas se déranger, ils font appel à des petits dieux comme moi.

– Pourquoi est-ce qu'on n'envoie jamais quelqu'un d'autre?

– C'est pourtant simple: Dolmas a des pattes de chèvre, Briam des ailes et Melitzanès des jambes de cheval. C'est difficile pour eux de passer pour des mortels. Il n'y a que toi qui ressembles à une petite fille.

– Je suis une petite fille!

Glaux penche la tête sur le côté.

– Dryas, tu es une nymphe des arbres et tu as cent treize ans!

– Et alors? Nous, les dryades, sommes comme les arbres: on pousse très lentement.

Et puis, je n'ai pas envie de grandir. C'est un truc de mortel, ça !

– D'accord, répond Glaux. En tout cas, les dieux t'ont choisie. C'est un immense honneur.

– Ce genre d'honneur, je m'en passerais bien !

Je déteste les dieux olympiens qui profitent de leurs pouvoirs pour ne rien faire. Et je déteste aussi les mortels qui adorent dévaster la forêt à la moindre occasion.

Une idée me vient.

– Qu'est-ce que je gagne à aider Athéna ?

Glaux semble soudain hésitante.

– Tu n'ignores pas que les dieux sont un peu colériques. Ils n'aiment pas beaucoup qu'on leur désobéisse...

– Si je m'occupe de son cheval, je veux une récompense !

– Quel genre de récompense ?

– Je ne sais pas encore. Je lui dirai à la fin.

La chouette fronce ses épais sourcils.

– Cela devrait pouvoir se faire...

Je hoche la tête.

– Alors, c'est d'accord ! Où se trouve ce cheval ?

– Dans la plaine de Troie.

– Dans la plaine de Tr... Mais c'est de l'autre côté de la mer !

Cela n'a pas l'air d'arrêter Glaux, qui s'envole d'un seul coup.

– Je te rejoins là-bas ! crie-t-elle joyeusement.

4. En chevauchant les vagues

Elle exagère, Glaux ! D'habitude, je n'ai qu'à suivre le réseau souterrain des plantes pour me déplacer.

C'est d'ailleurs ce que je vais faire.

Après avoir dit au revoir à mes amis qui me souhaitent bonne chance, je retourne à mon arbre, un beau chêne centenaire, et je m'enfonce dans son tronc. Là, je me laisse porter par ses racines qui touchent les racines d'autres arbres. Qui communiquent avec encore d'autres racines.

Ainsi, je parviens très rapidement au bord de la mer.

Mais là, je suis bloquée. Sur le sable ou les galets, il n'y a plus de végétation.

Je suis obligée de m'arrêter et d'appeler mes sœurs néréides. Ce sont des nymphes, comme moi, sauf qu'elles vivent dans la mer.

– Néréides, humides néréides, êtes-vous là ?

Finalement, il y a en a une qui apparaît avec ses cheveux bleus et ses lèvres de corail. Sa tête dépasse à peine de l'eau en formant des ronds autour d'elle. Ses cheveux sont tressés de perles.

– Que veux-tu, petite dryade ?

– Je dois traverser la mer pour me rendre à Troie.

– À Troie ? Mais il y a la guerre là-bas !

Et voilà : une mauvaise nouvelle de plus. Et une autre raison de détester les mortels. Je grogne :

– Je n'ai pas le choix.

– Encore une mission des dieux olympiens ?

– Eh oui !

– Bon, entre dans l'eau et accroche-toi.

Je l'écoute. Mes pieds s'enfoncent dans la mer qui me paraît bien tiède. Ma robe flotte autour de moi.

Tout à coup, je me sens soulevée par une force inconnue. Surprise, je tombe sur les fesses. Heureusement, la surface de l'eau m'amortit et me propulse comme si j'étais à cheval.

Je suis maintenant à califourchon sur le dos de la néréide. Elle bat l'eau de sa queue de dauphin et m'emmène à toute vitesse. Le vent souffle dans mes cheveux. Je dois avouer que j'adore cette sensation. Mes amis seraient jaloux s'ils me voyaient à cet instant.

La traversée s'effectue sans problème. Je ne vois même pas le temps passer. Nous atteignons rapidement les rivages de Troie.

La tête de la néréide apparaît au milieu d'un nouveau rond dans l'eau.

– La cité est encore assez loin, je vais te confier au Scamandre.

Le Scamandre, c'est un fleuve. Il est habité par un dieu au nom identique. Il a les mêmes rapports avec son fleuve que moi avec mon arbre. C'est pour cela qu'on l'appelle dieu-fleuve.

En effet, je distingue l'embouchure d'un cours d'eau important qui se jette dans la mer. Sans vraiment m'en rendre compte, je me retrouve cette fois sur les épaules d'un vieillard barbu et grognon, au visage verdâtre, encadré de longs cheveux semblables à des algues.

– Alors ? gronde-t-il. Tu veux te rendre à Troie, petite dryade ?

– Il paraît que les mortels se font la guerre.

– Ils combattent depuis dix ans ! s'écrie le vieux Scamandre en remontant vers l'intérieur des terres. Une fois, il y a eu tant de morts que mes eaux sont devenues rouges de sang ! Je me suis changé en taureau pour en discuter avec un guerrier grec mais il n'a pas voulu m'écouter. Je n'oublierai pas cet Achille !

Le nom me dit vaguement quelque chose. Mais je trouve que tous les mortels se ressemblent et j'ai tendance à oublier comment ils s'appellent.

Sur le côté, je remarque que toutes les plantes ont été coupées, à part quelques roseaux en bord de rivière. La plaine de Troie est transformée en une sorte de désert couvert de terre et de poussière qui chauffe sous les feux de midi. Je me penche sur le vieillard.

– Aurais-tu entendu parler d'un cheval à Troie ? Je suis censée m'en occuper...

– Un cheval ?

Le dieu-fleuve éclate de rire.

– Oui, j'en ai entendu parler. Regarde.

Il me montre un point sur le côté. Là-bas, au milieu de la plaine, se dresse un immense cheval, haut comme un chêne et complètement immobile.

5. Les Grecs sont dans la plaine

Je ne suis toujours pas revenue de ma surprise quand le Scamandre me dépose doucement sur sa rive.

– Voilà ton cheval de Troie, petite dryade, ricane-t-il avant de disparaître dans un bouillonnement.

Je retrouve la terre ferme avec ravissement. J'aime bien l'eau mais seulement dans les racines de mon chêne.

J'ai beau regarder autour de moi, je ne vois pas un seul mortel. À gauche, il y a la plage. À droite, les murailles de Troie, gigantesques et carrées avec, loin derrière, le mont Ida. Et au milieu, cette extraordinaire statue.

En plus, je me rends compte que, comme à la lisière de ma forêt, les mortels ont tout défriché. Il n'y a plus un seul arbre debout dans toute la plaine. J'ai déjà envie de rentrer chez moi.

Qu'est-ce que je suis supposée faire ?

Impressionnée, je m'approche de la statue monumentale. Elle semble aussi haute que les murs de Troie. Comme je suis toute seule, j'aborde le monstrueux cheval.

Et là, je me sens mal : il est fabriqué entièrement en bois ! J'en ai presque la nausée. Combien d'arbres ont-ils été massacrés pour construire cette énorme chose ?

Je ne peux pas résister à la tentation de poser ma main sur la surface rabotée. Aussitôt, je perçois les voix du bois qui n'est pas encore tout à fait mort.

– Dryades, rugueuses dryades, êtes-vous là ?

– Salut à toi, Dryas, me répondent les planches dans un langage que seules les dryades comprennent. Ne reste pas ici ! Les mortels ont tout coupé.

– Mais pourquoi ?

– La guerre, Dryas ! Les Grecs sont venus de l'autre côté de la mer pour se battre. Ils ont bâti des bateaux. Arrivés ici, ils ont eu besoin de cabanes et de manches pour leurs lances.

Enfin, il leur a fallu cette statue. À chaque fois, nous avons été taillées, clouées, rabotées...

De nouveau, les larmes me montent aux yeux. Les mortels ne savent-ils pas que, quand on coupe un arbre, la dryade qui l'habite risque de mourir si elle n'en trouve pas un autre ?

Je regarde autour de moi.

– J'ai l'impression que les Grecs sont partis. Ils ont arrêté de faire le siège au bout de dix années en laissant cet immense cheval ?

– C'est une ruse, murmurent mes sœurs. Les Grecs disent qu'ils ont laissé un cadeau à Athéna mais, en fait, ils espèrent entrer dans la ville grâce au cheval.

– Je ne vois pas comment...

– Le cheval est creux, Dryas. Un homme plus rusé que les autres, un certain Ulysse...

– Je connais ce nom.

– Un certain Ulysse a eu l'idée de dissimuler des guerriers à l'intérieur du cheval. Il espère que les Troyens le feront entrer dans leur cité. Une fois qu'ils auront franchi les épaisses murailles grâce à cette ruse, les Grecs pourront ouvrir les portes de Troie aux autres soldats de leur armée qui sont cachés plus loin.

Je me demande ce qu'Athéna pense de tout cela. Ce plan est assez tordu... Et cela ne me dit toujours pas ce qu'elle veut de moi.

Cependant, je n'ai pas le temps de réfléchir à la question car les portes de Troie s'ouvrent soudain !

6. Les planches creuses

Une troupe nombreuse de cavaliers et d'hommes à pied sort par le portail de Troie. Ils se dirigent droit vers mon cheval ! Je ne sais plus quoi faire !

Les Troyens risquent de me prendre pour une Grecque. Le cœur battant, je décide de me cacher. Je me fonds dans le bois de la statue.

Par malchance, j'ai voulu aller trop vite et je traverse les planches.

Je me retrouve alors allongée sur le plancher au milieu d'hommes armés jusqu'aux dents : casques, cuirasses, jambières, boucliers, épées.

Ils me regardent d'un air mauvais. Je m'apprête à ressortir quand une main solide m'appuie sur l'épaule.

– Que fais-tu là, petite fille ?

Je lève les yeux. C'est un homme avec une épaisse barbe sombre qui me dévisage. Ses yeux brillent presque dans l'obscurité avec une lueur d'intelligence.

– Ulysse ?

Il fronce les sourcils.

– Comment connais-tu mon nom ? demande-t-il, méfiant.

– Tout le monde parle de toi chez les dieux, Ulysse.

– Vraiment ?

Il relâche légèrement sa pression sur mon épaule et je regagne un peu confiance. Autant me montrer franche avec lui.

– Athéna m'envoie. Elle a entendu tes prières.

– On devrait l'attacher, murmure un autre guerrier, et la bâillonner. C'est une espionne.

– Écoutons d'abord ce qu'elle a à nous dire, répond Ulysse. Elle vient de traverser le bois comme si c'était de l'eau. Qui es-tu ?

– Une dryade. Mon nom est Dryas, l'espionne de l'Olympe.

Ma voix n'est plus qu'un souffle. Je suis intimidée par tous ces regards qui luisent sous les casques.

– Et en quoi vas-tu nous aider ? ricane Ulysse. Depuis dix ans, nous cherchons à pénétrer dans cette cité. En vain. Aujourd'hui, nous allons enfin y parvenir.

– Mais, sans vouloir être indiscrète, qu'est-ce qui vous pousse à attaquer Troie ?

– Tu n'as donc pas entendu l'histoire ? Il y a bien longtemps, un prince troyen est venu enlever la reine de Sparte, Hélène. Il l'a emmenée à Troie et en a fait une princesse.

Depuis, son mari Ménélas et tous les guerriers de Grèce cherchent à la délivrer.

– Vous avez essayé de discuter avec les Troyens ? Et de demander à cette Hélène ce qu'elle en pensait ?

Ulysse écarte mon objection d'un revers de main.

– Peu importe. J'ai trouvé le moyen d'entrer dans Troie. Nous avons bâti ce cheval et fait croire qu'il était destiné à Athéna. Les Troyens voudront le voler et l'emporteront dans leur cité. Tu es venue pour rien, petite dryade. Nous avons tout prévu et n'avons pas besoin de toi. Athéna a déjà répondu à mes prières en me soufflant cette idée.

J'en suis plutôt soulagée. Mais, au moment de lui répondre, j'entends une autre voix qui dit :

– Ulysse, il se passe une chose imprévue !

7. Ulysse, nous avons un problème

Je me tourne vers les planches très légèrement écartées à travers lesquelles on aperçoit la plaine brûlée par le soleil de fin d'après-midi.

La troupe des Troyens s'approche toujours. Je les avais oubliés, ceux-là ! À leur tête, il y a un homme avec une longue barbe dont les yeux lancent des éclairs.

– Vous n'allez pas accepter cette abomination ! s'écrie-t-il en montrant le cheval de bois.

Les autres essaient de le calmer.

– Voyons, Laocoon, c'est une statue que les Grecs ont laissée derrière eux.

– Non, c'est un piège ! Je le sens ! Vous feriez mieux d'y mettre le feu !

Inquiète, je me penche vers Ulysse :

– Qui est ce Laocoon ?

– C'est un prêtre d'Apollon, répond une petite voix joyeuse dans mon dos.

Je sursaute en l'entendant. Déjà, dans l'ombre, les guerriers grecs s'agitent et tirent leurs épées du fourreau. Je lève les mains en signe de paix.

– Arrêtez ! Ce n'est que Glaux !

J'ai en effet reconnu le timbre de la petite chouette blanche qui est posée sur une poutre, juste au-dessus de moi. Je suis à la fois contente et ennuyée de la retrouver.

– On dirait la chouette d'Athéna, chuchote Ulysse.

– C'est moi ! fait gaiement Glaux.

Plusieurs guerriers murmurent en rangeant leurs armes.

– Enfin, la déesse vient à notre aide !

Je grogne :

– Merci pour moi !

Mais personne ne m'écoute. Glaux en profite pour m'expliquer :

– Athéna et Apollon ne sont pas du même côté dans cette guerre. Athéna est dans le camp des Grecs, tandis qu'Apollon soutient les Troyens. D'ailleurs, tous les dieux olympiens sont divisés sur la question. Je ne vous raconte pas les réunions de famille...

Glaux lève les yeux pour admirer la charpente du cheval.

– C'est un magnifique travail. Épéios, le menuisier, s'est surpassé. C'est lui qui a construit la statue, ajoute-t-elle à mon intention. Mais l'idée vient du roi d'Ithaque, Ulysse. Un sacré gaillard, celui-là !

– Je suis Ulysse, se présente le héros.

Glaux hoche la tête, impressionnée.

– Félicitations ! Les mortels sont décidément pleins de ressources. C'est comme pour les murailles de Troie. Un véritable chef-d'œuvre d'architecture. Bien sûr, c'est surtout Apollon qui a transpiré pour élever les murs mais les plans...

Je suis obligée de l'interrompre :

– Glaux, je suis ravie que tu me rejoignes enfin mais nous n'avons pas le temps de bavarder. La situation est difficile. Ce Laocoon veut incendier le cheval !

– Oh, répond la chouette, je suis sûre que tout va s'arranger et que...

Au même instant, un coup sourd retentit dans les entrailles du cheval et la pointe d'une lance, transperçant les planches, vient se planter dans la poutre de Glaux.

8. La poutre

Glaux bat des ailes, choquée.

– Vraiment, ce n'est pas très civilisé de jeter ainsi des javelots sur les gens !

Je lui fais signe de se taire. À travers le trou formé par la pointe, je peux voir que c'est Laocoon lui-même qui a lancé le projectile.

– Vous voyez ! s'écrie-t-il, triomphant. C'est creux ! Nous ignorons ce qu'il y a à l'intérieur ! Il faut y mettre le feu !

Un frisson glacé me parcourt le dos.

– Il faut qu'on agisse rapidement, sinon nous allons tous finir en cendres !

Ulysse se gratte la barbe en silence. Il réfléchit.

– J'ai envoyé un de mes hommes sur place, dévoile-t-il enfin. Il se nomme Sinon et se fait passer pour un traître. C'est lui qui a amené les Troyens jusqu'ici.

Il me désigne un petit homme avec un œil au beurre noir qui se tient derrière Laocoon. Je ne comprends pas ce qu'il dit car sa voix n'est pas aussi forte que celle du prêtre d'Apollon. Cependant, je devine qu'il essaie de persuader les Troyens que le cheval est sans danger.

– Allez-vous écouter ce Grec ? Ce traître ? tempête Laocoon.

– Ce prêtre est trop éloquent, marmonne Ulysse. Sinon ne parviendra pas à convaincre les Troyens. Il peut simplement nous faire gagner un peu de temps.

Je réfléchis à toute allure. Même si je n'apprécie pas beaucoup les mortels, je n'ai pas envie pour autant qu'ils finissent en souvláki[1]. J'ai besoin d'aide. Après un instant, je redresse la tête avec un sourire.

– Je crois que j'ai une idée... Surtout ne vous faites pas remarquer !

Sans attendre la réaction d'Ulysse, je fusionne avec la poutre de Glaux et je descends tout au fond du cheval, là où ses jambes touchent terre. Par chance, à l'ombre de la statue, une petite pousse d'herbe a survécu au piétinement des soldats.

Je me coule discrètement dans la plante.

---

1 - Recette de brochettes grecques.

Là, je découvre que des milliers de graines et de racines attendent dans le sol que les mortels soient partis pour pousser à nouveau. Je me déplace de l'une à l'autre en les saluant poliment au passage.

– Courage, mes amies ! La guerre sera bientôt finie !

Enfin, j'espère. Si la ruse d'Ulysse ne réussit pas, les combats risquent de reprendre de plus belle.

En sautant d'une plante à une autre, je parviens à un endroit où le sol est plus humide et je sais que j'ai atteint la rive du Scamandre.

Alors, je jaillis du sol au milieu des roseaux et j'appelle le dieu-fleuve.

– Scamandre ! Scamandre ! J'ai besoin de toi !

La figure du vieillard à la barbe et aux cheveux longs émerge à son tour des flots.

– Encore toi, petite dryade ? Que me veux-tu ?

– Tu m'as dit que tu possédais le don de la métamorphose. Pourrais-tu te transformer en monstre marin et emporter un homme devant les Troyens réunis ?

Le Scamandre grimace.

– Tu me demandes si je veux aider les Grecs ? Jamais de la vie !

9. La paille

Je suis désespérée. Comment convaincre le dieu-fleuve de m'aider ?

– Sais-tu ce qui se passera si les Grecs brûlent dans le cheval de Troie ?

– Cela fera des guerriers en moins, ricane le Scamandre.

Je ne peux pas lui donner complètement tort.

– Peut-être, mais cela voudra dire aussi que la guerre va reprendre. Tu vois bien qu'aucun camp n'arrive à l'emporter. Tu devras encore subir les combats pendant dix ans, vingt ans peut-être...

Le Scamandre fronce ses gros sourcils verdâtres. Je lui laisse un peu de temps avant de poursuivre :

– Mais si tu m'aides, les Grecs vont envahir Troie et la guerre s'arrêtera en quelques jours. Tu pourras couler tes eaux tranquillement sans craindre un bain de sang.

Le dieu-fleuve réfléchit un moment avant de hocher la tête.

– Oui, gronde le fleuve, tu as sans doute raison. Je vais donc me changer en monstre, un serpent géant sans doute. Et j'attraperai l'homme que tu me désigneras.

– Il se nomme Laocoon.

– Dois-je le noyer ?

Je me récrie :

– Non ! Qu'est-ce que c'est que cette mentalité de vouloir tuer tout le monde ? Nous sommes meilleurs que les mortels ! Il suffit de l'emmener vers la mer et de le garder à distance pendant un certain temps. Et pour qu'il ne meure pas...

Songeant à la ruse de Dolmas, j'attrape un morceau de roseau et le tends au Scamandre.

– Tu lui donneras cette paille pour respirer.

Le dieu-fleuve prend la tige et s'en va. Je le vois s'éloigner vers la mer. Il essaie sans doute de ne pas attirer l'attention des Troyens sur ses eaux.

Une fois à l'embouchure, il surgit des vagues sous la forme d'un serpent monstrueux dont le corps se sépare en deux têtes. Je n'aimerais pas être à la place de Laocoon...

Le Scamandre glisse sur le sol en se contorsionnant. Il progresse à une allure incroyable ! En quelques battements de cœur, il arrive au niveau du prêtre d'Apollon et se jette sur lui. Ses anneaux se resserrent sur les chevilles et les bras du pauvre homme qui pousse de grands cris.

J'ai beau savoir qu'il ne risque rien, je préfère détourner les yeux.

Les autres Troyens restent un instant pétrifiés de terreur. Puis ils se disent qu'un dieu a dû envoyer ce monstre à cause de la lance plantée dans le flanc du cheval.

Ils se décident très rapidement, sans doute encouragés par Sinon.

Tandis que les cris de Laocoon disparaissent dans les vagues, les Troyens se placent derrière l'immense statue de bois et se mettent à la pousser de toutes leurs forces.

Le cheval avance bien car il est monté sur des rondins. Ulysse a vraiment prévu chaque détail !

La statue traverse ainsi la plaine de Troie sous le soleil qui descend. Je vais hurler de joie quand je me rends compte qu'Ulysse n'a pas pensé à tout finalement.

En voyant le cheval approcher des portes de la cité, je sens mon cœur se serrer. Il paraît évident que la statue est beaucoup trop grande pour passer sous le portail !

10. C'est la catastrophe !

Un grand froid coule dans la sève de mes veines. Comment cela a-t-il pu arriver ? Sans doute Ulysse avait-il calculé la hauteur de la statue sans penser à celle des rondins.

Toute sa ruse va s'effondrer à cause d'une étourderie !

D'ailleurs, là-bas, les Troyens se sont rendu compte du problème. Le cheval ralentit et s'arrête.

À cet instant, je remarque qu'un minuscule volatile se dirige vers moi. Je mets la main en visière sur mon front pour ne pas être éblouie.

C'est Glaux !

La petite chouette a réussi à s'échapper du cheval et à me retrouver. Elle atterrit sur mon épaule, tout essoufflée.

– Ouf ! Il fait chaud dans cette plaine ! Je suis un rapace nocturne, moi. Je n'aime pas la lumière. Vivement le crépuscule !

– Comment as-tu fait pour sortir de la statue ?

– Comme j'y suis entrée. Il y a un trou dans le toit... Tu as dû comprendre comme moi le problème qui se pose à nous.

– Oui, le cheval ne passera pas sous la porte !

– Et aucun mortel ne pourra briser le haut des murailles.

Glaux ne quitte pas sa mine effrayée. Je l'interroge :

– Qu'est-ce qui les en empêche ?

– Si tu avais écouté, tu te souviendrais que ces murs ont été bâtis par Apollon lui-même. Des mortels sont incapables de les briser.

Pourquoi crois-tu que la guerre dure depuis dix ans ? Ces remparts sont indestructibles. Je dois avouer que, pour une fois, les Grecs me déçoivent. Ils auraient dû mieux mesurer la hauteur de leur cheval…

Je suis obligée de m'asseoir tellement le coup est rude.

– Alors, c'est fini ? On ne peut plus espérer la fin des combats ?

– Hélas, soupire Glaux. Ces pierres calcaires du mont Ida tiendront encore des siècles.

Je soulève un sourcil.

– Tu as bien dit : le mont Ida ?

– Oui, pourquoi ?

– Il y a des nymphes sur le mont Ida. Et même des oréades, des nymphes des rochers ! Je pourrais leur parler !

Aussitôt, je m'approche de la muraille et pose la main sur les pierres.

– Oréades, dures oréades, êtes-vous là ?

Après une longue attente, des voix tristes me répondent.

– Nous sommes là, petite dryade. Que veux-tu ?

– Je sais que vous êtes dans ces murs depuis leur construction. N'aimeriez-vous pas cesser d'être des briques et redevenir des cailloux ?

– C'est ce que nous voulons depuis toujours !

– Eh bien, il est temps. Laissez-vous tomber sur le sol, faites s'écrouler ce portail !

– Mais Apollon nous punira !

– Non, Apollon n'interviendra pas : Athéna l'en empêchera.

Je me trompe peut-être mais c'est pour la bonne cause.

– Ce serait merveilleux ! soupirent les oréades. Nous allons prévenir nos sœurs du haut de la muraille et tout s'effondrera dans un mois ou deux.

Je n'en reviens pas.

– Mais pourquoi est-ce que ce serait si long ?

– Nous autres, oréades, nous sommes solides mais lentes comme les pierres. Il nous faudra bien tout ce temps pour prévenir nos sœurs du haut de la muraille. Ce sont elles les plus fragiles.

Je ne peux pas attendre. Résolue, je lève les yeux vers les remparts. Il va falloir que j'y aille moi-même.

11. La chute

Sans attendre la réaction de Glaux, je m'enfonce de nouveau dans le sol à la recherche des racines amies.

La chance est avec moi : de la vigne a poussé au pied de la fortification et s'élève jusqu'aux créneaux. Les Troyens n'ont pas eu le temps de désherber depuis longtemps.

Je monte à la verticale et grimpe jusqu'au rempart comme du lierre. Là, dès que j'ai vérifié que personne ne pouvait me voir, je reprends mon apparence de mortelle.

Non loin de moi, je remarque une femme très belle qui regarde au loin le soleil couchant.

Ses yeux cerclés de noir sont tristes et le vent soulève sa longue chevelure blonde coiffée d'un diadème. Il s'agit sans doute d'Hélène.

Je l'aborde rapidement parce qu'elle se trouve pile au-dessus de la porte.

– Il ne faut pas rester ici, ô reine.

Elle me dévisage soudain.

– Je ne suis plus reine de Sparte, murmure-t-elle. Je suis princesse de Troie.

– Tu vas bientôt redevenir reine...

Elle me fixe encore un moment. Ses yeux bleus sont indéchiffrables. Pourtant, après quelques instants, elle s'éloigne en me chuchotant un « merci » très doux.

Dès qu'elle est à l'abri sur l'une des tours carrées qui ornent les remparts, je me baisse et pose ma main sur la pierre.

– Oréades, dures oréades, êtes-vous là ?

Pas de réponse. J'insiste :

– Oréades, j'ai besoin de vous...

Un visage blanc comme la craie apparaît dans le calcaire, l'air résigné.

– Que veux-tu, dryade ?

D'autres figures se dessinent. Je leur explique la même chose qu'à leurs sœurs du bas de la muraille. Elles ont besoin de temps pour comprendre ce que je leur demande. Je répète les mêmes arguments qu'un peu plus tôt : elles sont convaincues.

J'ai à peine le temps de m'éloigner que les pierres commencent déjà à se fissurer, à craquer et à se détacher. Le portail se renverse et les portes s'abattent dans un bruit immense.

Les Troyens restent un moment sans bouger. Puis Sinon lève les bras en hurlant :

– Regardez ! Même les dieux vous viennent en aide ! Apollon lui-même accepte que la statue entre dans la ville !

Les autres hésitent. Je tremble en attendant leur réaction.

12. L'autre chute

Tout à coup des cris éclatent, joyeux :

– Hourra pour Apollon !

On se précipite pour déblayer les énormes pierres abattues devant la porte. Mes sœurs oréades vont enfin retrouver la terre et la tranquillité.

Au moment où le soleil disparaît à l'horizon, le cheval de Troie pénètre dans la cité.

Bientôt Troie est plongée dans l'obscurité. Des torches s'allument et on entend de la musique, des rires et des danses.

Les Troyens pensent que les dieux sont avec eux. Je remarque qu'Hélène est toujours sur les remparts. Elle observe l'horizon.

Le cœur serré, je rejoins les guerriers dans le cheval. Glaux est là, Ulysse aussi, tout sourire. Ses dents blanches brillent dans le noir.

– Merci, petite dryade, tu nous as aidés de façon décisive. Je vais enfin pouvoir rentrer chez moi, retrouver ma femme, mon fils. Je ne l'ai pas vu depuis sa naissance...

Je me rends compte que je ne suis finalement pas si différente des mortels. On a souvent envie de rentrer chez soi, de rejoindre sa famille, ses amis.

Nous devons attendre le petit matin pour sortir discrètement du cheval. Toute la cité de Troie dort. Ulysse se tourne vers moi, sombre :

– Maintenant, tu dois partir. La guerre est terminée, mais pas la violence. Nous allons prendre cette cité et l'incendier.

Oui, c'est là que s'arrête ma ressemblance avec les mortels : je n'ai pas besoin de brûler la maison des autres avant de rentrer chez moi !

– J'avais juste une faveur à te demander, Ulysse.

Je mens un peu en ajoutant :

– C'est une demande d'Athéna en personne.

– Parle.

Je lui chuchote mon idée à l'oreille. Le visage du héros se fend d'un large sourire.

– C'est d'accord, petite dryade. Tu l'as bien mérité.

Sur ces mots, je franchis les portes brisées de Troie et m'éloigne dans la plaine.

Glaux se pose sur mon épaule. Pour une fois, elle ne paraît pas avoir envie de s'attarder parmi les mortels.

– Dépêchons-nous, dit-elle. Je ne veux pas voir ce qui va suivre.

Déjà, derrière nous, les premières lueurs d'incendie brillent dans le matin. Je préfère penser aux graines qui poussent en profondeur et qui feront bientôt éclater la terre.

– Glaux, j'imagine que tu vas faire ton rapport à Athéna. Je pense que j'ai réussi ma mission, non ? Elle voulait s'assurer que le cheval entrerait dans la ville. Quand tu la verras, tu lui demanderas de bien protéger mes sœurs oréades contre la colère d'Apollon.

– C'est promis, fait la chouette en battant des ailes.

Tandis qu'elle s'envole, je la rappelle :

– Au fait, j'ai trouvé quelle récompense je vais réclamer à Athéna !

13. Dans la forêt lointaine

Enfin, je suis revenue dans ma forêt !

Je cours, je gambade. J'avais besoin de nature après toute la poussière de Troie !

Sous les arbres, le temps est bien plus frais. Je me roule sur l'herbe douce, je grimpe aux branches et j'éclate de rire.

Au bout d'un moment, mes amis finissent par arriver.

– Te voilà ? demande Melitzanès la centauresse, faussement fâchée.

– Moi, je suis content que tu sois rentrée, déclare Dolmas le satyre.

– Moi aussi, je suis contente, proteste Melitzanès. C'est juste que Dryas aurait pu revenir plus tôt. On a une partie de cache-cache à finir... !

– Sois la bienvenue ! glisse Briam en me prenant dans ses ailes.

– Je suis heureuse de ma mission. Ce n'est pas tous les jours qu'on met fin à une guerre !

Je me précipite et les prends dans mes bras à tour de rôle. C'est bon de les retrouver !

– Tu as mis fin à une guerre ? s'étonne Dolmas, impressionné.

Je me rengorge et me pavane :

– Oui, la guerre de Troie vient de se terminer grâce à moi. Bientôt, la plaine va se couvrir de fleurs, de buissons et d'arbustes. Et puis les mortels cesseront de s'entre-tuer. Au moins pour un moment...

Un battement d'ailes interrompt mon petit discours. Je lève les yeux pour apercevoir Glaux qui atterrit sur une branche.

– Je viens de parler à Athéna, déclare-t-elle avec orgueil. La déesse a accepté de protéger les oréades. Elle est très satisfaite de notre mission.

– *Notre ?* C'est moi qui ai tout fait !

– Sans mes informations précises sur les mortels, tu n'aurais pas pu réussir, reprend Glaux.

Je lui fais signe de se taire.

– Apapaï ! Je ne suis pas d'accord !

– Au fait, demande Dolmas, comment as-tu réussi à pousser Grecs et Troyens à faire la paix ?

– Mmm... je vous expliquerai plus tard. Pour l'instant, j'ai une surprise pour vous.

Mes deux amis ouvrent de grands yeux curieux. Je me tourne vers Glaux.

– Est-ce que tout est prêt ?

– Comme je le disais, Athéna était très satisfaite de...

Je l'interromps :

– Est-ce que *tout* est prêt ?

– Bien sûr, soupire Glaux. Athéna n'a qu'une parole. Et Ulysse aussi.

Sans un mot de plus, je tourne les talons et me dirige vers la lisière de la forêt. Là, j'abaisse les branchages d'un buisson avec un geste théâtral.

– Et voilà !

Même si je savais à quoi m'attendre, je suis époustouflée.

Le cheval de Troie est là, dressé comme un gardien devant la forêt. Les mortels n'oseront plus venir de ce côté pour couper des arbres.

Mais surtout les planches, une fois plantées dans le sol, ont regagné un peu de vie et de nouvelles pousses apparaissent sur le bois en taches d'un vert tendre. Bientôt, la statue sera un arbre presque comme les autres.

Et de nouvelles plantes vont se développer tout autour. Mes amies dryades délogées vont pouvoir trouver de nouveaux foyers. La forêt va reprendre le terrain qu'on lui avait volé !

J'explique à mes amis :

– Je me suis dit que c'était dommage de perdre tout ce bois. Alors, grâce à Glaux, j'ai demandé à Athéna d'apporter le cheval de Troie jusqu'à notre forêt. Il en sera le gardien.

Et toute ma famille de dryades a offert de sa sève pour redonner vie au bois de la statue.

Je tape dans mes mains.

– Bon, ce n'est pas tout ça : on a une partie de cache-cache à terminer. Glaux, c'est toi qui t'y colles !

Folle de joie, la chouette va poser sa tête contre un tronc, les ailes sur les côtés pour ne rien voir, et commence à compter.

– Un... Deux... Trois...

Avec mes deux amis, nous allons nous dissimuler sous les arbres en nous poussant du coude. Melitzanès se précipite derrière le premier tronc : sa queue de cheval la trahit déjà. Dolmas va se faire repérer à l'odeur en un rien de temps. Quant à Briam, elle laisse une piste de plumes derrière elle.

Moi, je souris : je suis la championne du cache-cache.

La chouette ne me trouvera jamais !

La leçon de Chiron

La guerre de Troie

Malheureusement, il n'y a pas que les jeux dans la vie ! Parfois, avec les autres, je dois assister aux cours de Chiron.

Chiron est le centaure le plus sage et le plus savant du monde. Il habite avec nous sur le mont Pélion. La plupart des héros sont venus suivre ses cours.

Melitzanès est obligée d'y assister aussi. Alors, pour la soutenir, nous l'accompagnons, Briam, Dolmas et moi.

Il y a un grand tronc d'olivier aux branches rasantes sur lesquelles on peut s'asseoir. Et puis un immense rocher en ardoise sur lequel Chiron écrit avec de la craie.

Il nous attend en lissant sa barbiche et en nous regardant de ses yeux clairs.

– Bonjour, les petits scarabées, nous dit-il.

J'ignore pourquoi il nous appelle comme cela.

– Aujourd'hui, nous allons nous intéresser à la guerre de Troie qui vient juste de se terminer.

Pour une fois que je connais un peu le sujet, je suis contente.

– Quelqu'un peut-il me dire comment la guerre de Troie a commencé ?

Je lève le doigt. Briam, surprise, se réveille et manque de tomber de sa branche.

– Oui, Dryas ?

– Eh bien, la guerre de Troie a commencé quand un prince troyen, Pâris, a enlevé la reine de Sparte, Hélène.

– Tout à fait, approuve Chiron. Pâris a emmené Hélène avec lui à Troie. On ignore encore si elle était amoureuse de lui ou si elle a été forcée. En tout cas, son mari, Ménélas a voulu la récupérer. Il est allé voir le roi de Mycènes, Agamemnon, son propre frère, et tous deux ont rassemblé une gigantesque armée grecque pour reprendre Hélène, de l'autre côté de la mer Égée. Il y avait tous les plus grands rois grecs : Achille, Ulysse, Ajax...

Dolmas demande :

– Mais pourquoi est-ce qu'ils ont accepté de partir avec Agamemnon et Ménélas ? Cela ne les regardait pas vraiment.

– C'est une très bonne question, répond Chiron. En effet, cela vient du serment des prétendants.

– Qu'est-ce que c'est ?

– Eh bien, quand Hélène a été en âge de se marier, tous les hommes ont voulu l'épouser car c'était la plus belle femme du monde.

Personnellement, je ne l'ai pas trouvée si différente des autres mortelles, mais bon.

– Les Grecs avaient peur que les hommes se fassent la guerre entre eux, surtout s'ils n'étaient pas choisis comme mari. Alors Ulysse a proposé qu'ils jurent tous de protéger et d'aider celui qui épouserait Hélène. Voilà pourquoi ils ont suivi Ménélas et son frère quand ils sont partis à Troie.

Chiron fait une pause avant de reprendre :

– Ensuite, la guerre a duré dix ans. Les

– Ensuite, Ménélas a ramené Hélène chez lui et les Grecs sont rentrés chez eux. Enfin, la plupart. Mais ceci sera une autre leçon. Vous pouvez retourner jouer maintenant.

Je suis obligée de réveiller Briam qui s'était encore endormie et nous repartons pour une partie de cache-cache endiablée.

L'auteur

Né en 1978 à Paris, Fabien Clavel a suivi des études de lettres classiques. De 2007 à 2011, il a enseigné le français et le latin au lycée français de Budapest avant de se réinstaller en région parisienne. Il est l'auteur de nombreux romans, explorant tous les genres des littératures de l'imaginaire (fantasy, science-fiction, fantastique...). Il s'intéresse aussi au thriller et aime revisiter les mythes classiques.

Retrouvez-le sur son blog : **clavelus.blogspot.com**

L'illustratrice

Miss Paty, autrice-illustratrice, a quitté sa jolie ville de Marseille pour s'installer à Angoulême et travailler dans le monde du cinéma d'animation avant de se consacrer à plein temps à la BD et à l'illustration. Elle est l'autrice de la BD *Nom d'un poulpe* dans la collection Tuschuss! (Slalom) et travaille pour la presse et l'édition : Milan, Bayard, Larousse, Nathan... Elle est aussi membre de l'Atelier du Gratin où elle a installé son poste de création.

Retrouvez-la sur Instagram où elle poste régulièrement du contenu inédit : **instagram.com/misspaty**

Retrouve Dryas, Glaux et leurs amis dans :

Retrouvez tous nos livres
sur notre site www.rageot.fr

PAPIER À BASE DE FIBRES CERTIFIÉES

RAGEOT s'engage pour l'environnement en réduisant l'empreinte carbone de ses livres.
Celle de cet exemplaire est de :
400 g éq. CO_2
Rendez-vous sur www.rageot-durable.fr

Achevé d'imprimer en France en juillet 2021
Sur les presses de l'imprimerie Clerc
à Saint-Amand-Montrond
Dépôt légal : septembre 2021
N° d'édition : 7707-01